KB209444

마음 다쳐 상처받은 그대들

마음 다쳐 상처받은 그대들

백승찬 첫 시집

대양미디어

기나긴 어둠 속 길을 헤매이며

나는 중학교 졸업할 때까지 아버지의 직장을 따라 열여섯 번의 이사를 하였다. 지독한 가난 속에서 대구 수성초등학교를 입학하여, 세 번의 전학 끝에 구로초등학교를 졸업하였다. 신문 배달과 건설현장에서 막노동을 하면서 배움의 끈을 놓지 않고 살아왔다.

거친 세상에서 살면서 마음이 많이 거칠어졌지만, 그때마다 자연 속으로 들어가, 꽃과 나무와 곤충들과 대화를 하며, 홀로 외로운 시간을 보내야만 했다.

나의 친구는 자연이었고, 세상은 참으로 힘들었다.

그러한 인생은 나에게 전투고 전쟁이었다.

또한 나에게 찾아온 몇 번의 사랑은 인진쑥청의 쓴맛보다 더한 지독한 사랑이었다.

왜~, 나의 사랑은 이토록 아플까 생각하면, 사랑이 늘 두려웠다.

다시는 사랑을 하고 싶지 않았다. 사랑의 글조차 쓰기가 힘들었다.

이런 세상을 방황하면서 힘든 삶을 사는, 가난하고 지친 삶 속에, 나는 소외되고 차별되어지는 사람들이 눈으로 들어왔다. 그들과 어떻게 하면 마음을 함께할 수 있을까 하여 글을 쓰기 시작하였다.

글을 쓴다는 것은 세상 사람들에게 아름답고 향기로운 언어로써 모든 이에게 다가가 마음을 나누어야 한다는 것을 알고 있기에, 나의 글이 다소 거칠고 투박하고, 마음에 들지 않더라도 많은 이해가 있기 바란다.

어둠 속에서 정신적으로 방황하던 나의 인생길에서 저로 인해서 많은 눈물을 흘려야 했던 아버지 어머니 그리고 가족들, 나의 곁에서 공허한 가슴을 채워주는 사랑스런 아내, 또한 인생길에서 울고 웃으며 함께했던 친구, 선후배 그리고 지인들께 감사한 마음과 동행의 기쁨을 드린다.

"늘, 나에게 힘과 용기로 세상 사람을 사랑할 수 있게 하여주신 신께 영광을 올립니다."

나의 글을 첫 출간 하면서 도움을 주신 여러분께 감사의 마음을 드리며, 특히 작가 선배이신 성성모 시인께 감사의 마음을 드린다.

모든 이에게 감사함을 전하면서…

가을 구로 서재에서

작가 기산岐山 **백승찬**

시집 발간을 축하하며

서울 지하철역 플랫폼에는 시민들의 시가 많이 붙어 있다. 얼마나 지혜롭고 아름다운지, 읽다가 감탄하고 사진까지 찍어서 남겨놓을 때가 많다. 내 눈에는 유명 시인의 어려운 시들보다 더 멋지다. 우리는 저마다 인생의 고수이고 인생의 시인들인 것이다.

지역을 위해 헌신하시는 기산 백승찬 소장님의 첫 시집은 더욱 기대가 된다. 서문만 읽어도 인생의 달고 쓴 맛 고루 본 뒤 단순하고 겸허해진 인간의 내공이 느껴진다. 「좌판」, 「늦둥이 막내딸과 에버랜드를」, 「광명시장 호떡할매」, 「쓰레기 분리수거」, 「서울의 끝자락 개봉동」, 「참 화초를 잘 키우시네요」 시의 제목만 봐도 미소가 띄워진다.

기산의 시집이 우리 동네 구로에 밝은 빛 한 자락으로 드리우길 기원한다.

전 YTN 앵커 **호준석**

시집 발간을 축하하며

안녕하세요.

구로구의회 의장 정대근입니다.

첫 시집 『마음 다쳐 상처받은 그대들』의 발간을 마음 담아 축하드립니다.

사람들은 사회적으로 매일 매일 수많은 사람과 만나고 헤어집니다. 그 만남 속에서 대화는 서로를 알아가는, 글은 마음을 전달하는 수단이 됩니다. 그런데 사람들에게 소통과 대화를 쉽고 편하게 하는 재주가 있는 분은 그리 많지 않습니다. 제가 아는 분 중에 그 능력을 다 갖추고 계신 분이 백승찬 님입니다.

백승찬 님은 구로의 환경을 지키고 주민들의 삶의 질 향상을 위하여 많은 노력을 기울여 오신 분, 평소에도 안양천 및 개봉동 잣절공원 등에서 환경을 지키는 자원봉사를 하면서 지역 내 생태계 보호를 위해 물심양면으로 항상 애를 쓰고 계시는 훌륭하신 분입니다.

또한, 카페를 운영하면서 주민들에게 사랑방을 제공하는 등 대화와 소통의 능력을 활용해 주민공동체 발전을 위해 동분서주하는 지역의 참된 일꾼이기도 합니다.

본인이 가진 능력을 발휘해 이번에 발간하는 시집은 구로에 대한 사랑과 헌신이 담긴 삶 그 자체이며, 지금까지 살아온 삶의 궤적과 구로의 변천사가 모두 담겨 있는 구로구의 살아있는 생태 환경의 글이기도 합니다.

시집을 읽어보면 자연보호와 지역을 지켜나가는 활동의 중요성에 대한 큰 울림을 줍니다. 따라서 가능한 많은 분이 시집을 읽은 후, 백승찬 님의 활동에 공감하고 지속적으로 동참할 수 있는 환경이 조성되었으면 하는 바람입니다.

백승찬 님과 같은 분들이 지역에 한 명, 두 명 증가하게 되면 구로구는 서울시 25개 자치구 중 가장 깨끗하고 생태계가 잘 보존되는 모범 자치구로 자리매김할 것입니다.

시집을 읽으시는 모든 분이 자연과 지역을 지키는 소중함을 깨닫는 시간이 되길 바랍니다. 백승찬 님의 구로 지킴이 활동이 고스란히 기록된 이번 시집 발간을 진심으로 축하드립니다.

구로구의회 의장 **정대근**

시집 발간을 축하하며

안녕하십니까?! 구로문화원장 이계명입니다.

기산 백승찬 작가님의 시집 발간을 축하드립니다.

어려운 시절을 겪으면서도 굴하지 않고 작가로서 긍지와 의지로 오늘의 시집을 탄생시키신 작가님께 큰 감동과 격려의 말을 전합니다.

세상에서 가장 안전하고 빠른 교통수단은 우리의 가슴이라고 합니다.

가슴으로 닿지 못하는 곳은 어디에도 없다는 뜻이겠죠, 글쓰기는 인간 영혼의 뿌리와 깊은 관계를 맺고 있어서 시를 쓰고 읽는 동안 몸과 마음은 자연스레 회복을 위한 시간이었지 싶습니다.

백승찬 작가님의 글을 통해서 자연스럽게 가족의 사랑과 일상의 신비를 느끼고 영혼의 변화와 초월을 향한 여정. 실로 인간승리라고 보겠습니다.

단어 하나하나가 모두 의미를 갖는 시어의 세계에서는 어느 것 하나도 일상적이지 않습니다. 어떤 바위도 어떤 강물도 유유히 흐르는 구름도 어떤 밤도 그 어느 누구도 모두 시인에게는 할 일을 부여합니다. 사물에 생명력을 불어넣으며 대화를 하며 내 안에 깃든 영혼을 깨우는 작업이라고 하겠습니다.

시인에게 유효기간이 없는 것은 사랑이라는 상상을 살기 때문이라고 생각합니다.

작가님 정말 잘하셨습니다.

다시 한번 시집 발간을 진심으로 축하드립니다.

감사합니다.

구로문화원장 **이계명**

시집 발간을 축하하며

안녕하십니까, 민주평화통일자문회의 서울 구로구협의회장 차광선입니다.

다사다난했던 올 한 해를 마무리하는 시점에 제1시집 『마음 다쳐 상처받은 그대들』 발간하게 된 것을 진심으로 축하드립니다.

시는 우리의 사상이나 감정을 언어로 표현한 예술입니다. 쉽사리 알지 못했던 다른 사람의 사상과 감정을 시라는 통로를 통해 느끼고 공유하며, 우리의 마음을 아름답고 순순하게 만들어주는 매력을 가지고 있습니다.

이번 시집 발간을 통해 백승찬 시인님이 뿌린 아름다운 마음의 씨앗이 많은 분이 향유할 수 있는 계기가 되기를 바랍니다.

다시 한번 제1시집 발간을 진심으로 축하드립니다.

감사합니다.

민주평화통일자문회의 서울 구로협의회장 **차광선**

차례

제2부 세상 속에서

제4부 너도 나만큼 아프니

제5부 아픈 형제들이 있기에

제6부 나를 찾아서

제1부

산다는 것은

좌판

사과, 귤, 감, 포도
사과 사이 소
귤 사이 소
목청이 터져라 외쳐도
메아리 되어 허공에 날리고

꽁치, 고등어, 갈치, 명태, 오징어
코끝 썩는
바다 비린내
손목이 끊어져라
자르고 자르고

탕, 탕, 탕~
토종닭, 오리
온종일 토막 치니
우리 어매 손목 관절 골병 난다

시금치, 고추, 배추, 마늘, 무
흙 묻은 앞치마를 탈 탈 털어도

털리지 않는 삶의 애환들

세월의 수레바퀴가 몇 바퀴 돌았건만
삶에 찌들어 지친
좌판 상인들의
축~, 처진 어깨에서

엄동설한
세찬 바람 뼛속 깊이 파고들어
얼굴 퉁퉁
다리 퉁퉁
붓기 가시지 않은 채
밤늦도록 좌판대 앉아있는
어매 모습에서

큰아들아~
둘째 딸아~
셋째 아들아~
막내아들아~

"오늘 하루만
 오늘 하루만 버티면
 더 나은 날이 오겠지"라고 하시던

내 어릴 적 시장 바닥
내 어매
내 아배 쉰 목소리가 들린다

오늘 나도
내 자식들에게
"오늘 하루만
 오늘 하루만 버티면
 더 나은 세상이 올 거야"라는 말이
한없이 무거운 가슴으로
내 입가에서 맴돈다.

신문 배달 소년

새벽 3시
어둠을 깨우는 자명종 소리
무거운 눈꺼풀을 비빈다
초등학교 6학년 동생과 중학교 3학년
우리 형제는 신문 배달 소년

독산동 조선일보 보급소까지 4킬로미터
버스정류장을 몇 개씩 지나는 보급소
매일 같이 땀 비린내가 나도록 뛴다

장마철 밤새껏 세차게 쏟아지는 비
신문 보급소로 가는 버스정류장엔 몇 개씩 떨어진 버스 토큰과 동전

비가 쏟아지는 날이면,
버스 토큰과 동전을 먼저 줍기 위해 다른 날보다 일찍 일어난다
동생과 나는 비를 흠뻑 맞으며 뛰고 또 뛴다
이번 버스 정류장에서 다음 버스 정류장으로

신문 보급소에 다다를 즈음이면 손바닥 가득 버스 토큰과 동전을 줍는 날도 있다
줍는 동전과 토큰으로 자습서를 사보는 형제는 미래를 꿈꾸었고 희망을 가슴에 품는다
새벽녘 어둠에서 찬란한 태양의 햇살이 비치듯이

나는 신문 200부
동생은 100부
날마다 세 시간씩 아파트 계단을 오르락내리락
허벅지가 터지도록 뛴다

신문이요!, 신문이요~
우유배달 왔어요

헉, 헉, 헉~
새벽을 깨우는 거친 숨소리
우유 배달원과 마주치는 날이면
신문과 우유를 가끔씩 바꾸어 먹는다
가정 형편이 어려워 사 먹을 수 없었던 우유를

처음으로 먹어본다

눈발이 빗발친다
눈길에 미끄러져
아스팔트 바닥으로 신문들이 내동댕이쳐진다
얼굴이 화끈 달아오르고
눈앞이 캄캄해진다
언젠가 우리 형제도 잘사는 날이 오겠지
눈물이 왈칵 쏟아진다

"형아~
우리 첫 월급 받으면 배 터지게 라면 한 번 먹어보자"

첫, 월급날
연탄난로에 바께쓰를 얹어 놓고
지금보다 두 배나 큰 라면을 열 개나 끓인다
라면 수프를 넣다가 바닥에 쏟았다
형제는 수프 없는 라면을 말없이 다 먹는다.

참나무 군불 지펴

빨갛게 단풍 익어 가는 계절
몽실이와 함께 하는 숲속 산책길
톡, 데구루루
툭~ 데구루루
떡갈나무 잎 속으로 도토리 반쯤 몸 감춘다

도토리 떨어지는 소리에 놀라
몽실이 귀 쫑긋 세우고 짖으니
양 볼 터져라 도토리 입에 넣고 상수리나무 타고 오르는 다람쥐

나무 걸상에 앉아 떡갈나무 잎 사이로 들어오는
가을 햇살에 눈 감으면

참나무 군불 지펴
가마솥에 끓여낸 도토리묵
쟁반 가득 담아 내오는 장모님

씁쓸한 도토리묵 입안 가득 넣고
밤이 무르익도록 막걸릿잔 돌리는
처남과 동서

방 한쪽엔 못 먹어도 쓰리고 외치는
용띠 처형~.

개 발에 땀 나듯이

삼복더위
개띠 막냇동생이 태어났다
삼복더위 개띠는
나무 그늘 밑에서
혓바닥을 내밀고
헥 헥 거리며
낮잠 잘 팔자라는데
코스타리카, 베트남, 러시아, 리비아로
개 발에 땀 나듯이
세계로 중고 자동차를 수출하러 다닌다
자랑스런 한국인
믿음직한 막내

개띠와 용띠는
상충살
용이 하늘로 올라가
용이 되려 할 때
멍 멍 멍
짖는단다

어려서부터
막내와 나는 자주 싸웠다
새 신발을 사놓으면 신고 나가
흙을 잔뜩 묻혀 오곤 했다

개띠 동생이 결혼을 하였다
제수씨는 꽃 돼지띠
백씨 집안에 복 돼지가 들어왔다

부모님과 가족들에게
사랑과 정성을 쏟고
내조를 잘하는
지혜롭고 따뜻한 제수씨
늘~ 다투고 싸우기만 했던
막내와 나를
칠월 칠석 견우와 직녀가
일 년을 그리움으로 기다리듯
늘 기다려지는 사랑스런 막내로
마음속에 자리 잡게 했다.

도마 소리

이른 아침 방문 틈 사이로 들려오는 아내의 도마 소리에
무거운 눈꺼풀을 끌어올린다

밤새껏 나의 이기적인 생각들은 머릿속을 어지럽히며 잠자리를 뒤척이게 한다
아내가 없으면 어떡하지
빨래는 누가 하지
밥은 누가 해 주지

며칠 후면 아내는 암 센터에서 수술을 받는다
아내의 배속에는 주먹만 한 커다란 혹이 자라고 있다

식탁엔 무거운 침묵이 흐른다
아들과 딸의 눈에는 눈물이 고인다
다시 또 네 식구가 함께할 수 있을까

늘 건강할 것만 같았던 아내가
엘리베이터를 타고 수술실로 실려 들어간다

두서너 시간이 흐른다
엘리베이터 앞 간이 의자에 앉아
땀으로 가득 찬 두 손을 모은다

이십여 년의 결혼생활
두 자식을 위한 기도를 하였건만
아내를 위한 기도는 없었다

탁, 탁, 탁, 탁~
아침을 깨우는 아내의 정겨운 도마소리를 다시금 들을 수 있으면…

목적지가 달라요

긴 긴 세월 동안 사월 초파일이면
어머니 아버지와 함께 집에서 가까운 원각사로 불공을 드리러 간다
어느 날 어머니가 미국에 있는 작은 아들네 가서
성당을 몇 번 가시더니 천주교 신자가 되어 돌아왔다
집안에는 조상들 묘지 이장 문제로 시끄러웠는데…
어머니가 자신이 죽으면 성북동에 있는 천주교 공원묘지에 혼자 안장을 해 달라 하신다
아버지는 어머니 말을 듣고 한 달간 식음을 끊으셨다
끝내 아버지는 신경쇠약과 영양실조로 산후통보다 더 심한 대상포진에 걸리셨다
등부터 배까지 수제비를 뜬듯한 상처가 자리 잡았다
서울에서 치료를 할 수 없어 아버지를 모시고 수원에 있는 통증의학과로 삼 년을 입원과 통원치료를 반복했다
불교 신자인 나는 "죽으면 어머니와 함께하고 싶어요"라고 했더니
어머니는 나직이
"목적지가 다른데"라고 하신다
우리 가족은 개신교, 불교, 천주교, 신자가 다 있다

평생을 살아오면서 종교 문제로 갈등을 일으킨 적은 없는데
우리 가족은 죽으면 이산가족이 될 것 같다

얼마 전 교회 권사인 지영이 엄마가 마을버스 정류장에서 버
스를 타면서
“이번 주 일요일 교회에 나오세요”라고 한다
난 순간, 개봉사거리에서 내려요
지영이 엄마는 개봉역에서 내리죠?
“우린 목적지가 달라요”라고 하니
버스를 타고 있는 승객들은 웃음보를 터트렸다.

대상포진

꽃이 핀다 꽃이 펴
울긋불긋 꽃이 펴
눈가에도 입술에도 온몸 여기저기
수두바이러스 꽃이 핀다
몸속 깊은 곳에서 대상포진 꽃이 핀다

미워, 미워~ 너가 미워
싫다~ 싫어, 너가 싫어
신경 쓰고 안 먹으니 신경쇠약 영양실조
삼복더위에 지쳐 면역력 떨어지고
온몸 마음 피폐되니
가을에 단풍들 듯 꽃이 핀다

고통 온다 고통 와 산후통보다 더 심한
쇠망치로 두들기는 전기에 감전되는
미움 꽃 증오 꽃 핀 곳에
고통 온다 고통 와

학생과 젊은이 아저씨, 아줌마, 할아버지, 할머니
병실 가득 대상포진
여기도 아우성
저기도 비명 소리
죽고 싶다 죽고 싶어
지옥 고통 대상포진

꽃이 진다 꽃이 져
사랑하고 예뻐하고
다정하고 친절하니~

아버지 나의 아버지

몸도 느리고
말도 느리고
행동도 느리고
방금 전 묻던 말을 또 물으신다
아버지 방금 전 말했잖아요
"응 그랬니?"
그냥 어린아이처럼 웃는다

아버지~
"우리 백담사 가볼까요?"
강원도 인제에 있는 절이에요

강원도 인제로 가는 국도를 달린다
원통을 지나며
"여기 예전에 와본 적 있죠~?"라고 묻는다
아니
"생각이 안 나"
막내아들 군 시절 면회를 자주 왔던 곳이지만 기억을 못 하신다

옆에 계신 어머니는

너희 아버지는 물을 때마다
"기억이 안 나라고 말을 해"라고 하신다

아버지와 설악산에 있는 온천을 왔다
양말을 벗는데도 한참을 기다렸다
아버지의 수척한 등을 닦아 드리면서 눈시울이 붉어졌다
참 말썽도 많이 부렸던 기억들이 떠오른다

말씀과 행동이 느려져 어린아이처럼 됐지만
아버지의 자애는
내가 삶을 살아가는 원동력이 됐다

부처님
나의 부처님

아버지가 살아계신 그 날까지
인간의 존엄성을 잃지 않도록 도와주세요

제가
아들의 역할을 다 할 수 있도록 도와주세요.

막내딸

그냥
그저
웃지요
바라만 보아도
좋으니

그냥
그저
웃지요
곁에 있어만 주어도
좋으니

그냥
그저
웃지요
같이 걸어만 주어도
좋으니….

세상살이

조약돌이 시냇물에게
그만 굴려
그만 굴려

몽돌이 파도에게
아파 아파
그만 때려 그만 때려

아들과 막내딸이 엄마 아빠에게
그만 야단쳐 그만 야단쳐

세상 사람들이 조약돌과 몽돌을 만지작거리며
너, 참~ 예쁘구나
너~ 참, 잘생겼구나.

늦둥이 막내딸과 에버랜드를

남자 친구가 없는 막내딸,
주말에 에버랜드를 가자고 조른다

T 익스프레스 앞에는 긴 줄이 늘어섰다
짝을 이룬 청소년들 속에 줄을 서자니
얼굴이 화끈화끈 달아오른다

어르신 고혈압 없으시죠
안내하는 도우미가 물어본다

내 나이는 아직 어르신이 아닌데

막내딸이,
아빠 T 익스프레스 탈 때 무서워서
목 앞으로 숙이면 목 꺾여요
조심하란다

T 익스프레스가 하늘로 올라가면서
가슴은 흥분되기 시작했다

만개한 벚꽃과 무지개색 튤립으로 가득 찬
5월의 에버랜드를
하늘 위에서 바라보니 너무나 아름다웠다

앞쪽에서 큰 소리로 즐거운 비명을 지르는
젊은 남녀들을 바라보니
사랑스러운 막내딸이 다음에 에버랜드를 올 때는
멋지고 다정한 남자 친구와 오기를 기대해본다

붉은 노을이 산자락에 걸리기 시작하자
다리가 살살 떨리면서 풀린다

아~
힘들어 죽는 줄 알았다
사랑도 젊어서…
출산도 젊어서~

몽실이* 떠나간 날

아프다
참 많이 아프다

아이들로 힘들어할 때,
안사람이 힘들게 할 때,
언제나 꼬리를 흔들어 반겨주던 '너'

잠시 인연으로 만나
참 많이 행복했는데….

* 몽실이 : 반려견

주먹도 세월 속에 웃음으로

너는 일진
나는 찐따

사십여 년이 지난 고등학교 동창회 술자리에서
막걸릿잔을 들어 건배를 외친다

술이 거나하게 취하자
앞자리 친구에게
고등학교 때 네가 무서워 학교 가기 싫었다니
그 친구는 수줍게 웃는다

세월의 흐름 속에서 거칠었던 옛 친구들은
점잖고 말쑥한 중년 신사의 멋들어진 모습으로
이제는,
네가 좋아~
나도 네가 좋아~
앞으로 사는 날까지 잘 지내자며 서로를 안아준다.

광명시장 호떡 할매

함경도에서 전쟁을 피해 피난 온 호떡 할매 광명시장에 자리
잡았다
한겨울 기름에 절여지고 불에 덴 갈라진 검은 손에서
뚝, 뚝, 뚝~
하얀 밀가루 반죽이 동그랗게 불판에 떨어진다

장난치는 아이들, 엄마, 아빠, 할아버지, 할머니
안산공단 퇴근길에 막걸리 한 잔으로 얼큰히 취한 아줌마 아
저씨들
구로공단 퇴근길 언니, 오빠들
호떡 한두 개로 허기를 달래기 위해 길게 줄을 선다

겨울바람이 세차게 불어
발 동동 구르며
호호 손을 비비며
호떡이 구워지기를 기다린다
기다란 줄이 줄어들기를 기다리면서
이야기를 나눈다

불판이 지글지글
호떡이 노릇노릇 잘 구워질 때쯤이면
동그랗고 귀여운 녀석들이 나타나
고소하고 향긋한 냄새가 코끝을 찌른다

할매
웅희가 수업이 끝나고 시장으로 달려간다

"추운데 호떡 하나 먹고 가~"

제2부

세상 속에서

하늘을 나는 금붕어

벌겋게 달구어진 철판
덜커덩 철커덩

뒤집힌다 뒤집힌다
잘 살던 집이

온몸 살 타는 향기
세상 속으로

추운 겨울
배고프고 마음 다친 이들 속으로

나는 다섯 마리 천 원
황금 붕어빵!

하늘을 나는 칠쟁이

관악산 한 번 바라보고 남산 한 번 바라보고
한강 고층 아파트 한 번 더 바라보고
깊은숨 들이켜고 굵은 동아줄 하늘로 날려 보낸다
외줄에 몸을 태우고 페인트 통 옆에 걸치고
한 조각 나무 판에 엉덩이 걸치고
페인트 붓 허공을 가르면
아파트와 빌라는 한 겹 한 겹 묵은 옷 벗고
지난날 더럽혀진 때 묻고 얼룩진 몸 색동저고리 걸치고
'나 새로 태어났소' 어깨에 힘주고 자랑질한다

수만 번 붓질
손가락 뒤틀리는 관절통
진통제 두 알 삼키고
칠장이 벽 차고 두 발로 오롯이 버텨야 할 세상 연신 오르내리면
둥지를 틀었던 비둘기는 후드득 산속으로 날아가며
헌 집에 거미줄 치던 거미는 땅바닥으로 떨어지며
'더럽고 때 묻은 인간들 마음이나 색칠해 주지'라고 한다.

쥐구멍 개구멍

한여름 뜨거운 태양 아래
차디찬 눈보라에
버스정류장에서
지하철에서
줄 서는 것이 싫다
기다리는 것이 싫다

쥐구멍 개구멍으로
살금살금
몰래몰래
낮은 포복으로
특수고
스카이대 들어가자

신의 직장
꿈의 직장
낙하산 타고 들어가자

우리 부모는
특수부대 특전사
쥐구멍 개구멍 빠져나가는
훈련받았다
낙하산 타고 고공 침투하는
특수훈련도 받았다

"너희 부모는 어느 대 나왔니~?"

손오공 오줌발

불이야~ 불!

온 세상 여기저기
화염과 분노로
불이 났다

관악산에 올라
여의도 바라보며
손오공 머리털 하나 뽑아
훅하고 부니
산 만큼 큰 거인 나타나

손오공 오줌발로
불을 끄자
불을 꺼~!

8월 그리고 채송화

숨을 쉬기 힘든
장작불 타듯
뼈가 타들어 가는 태양의 열기
노란색, 분홍색, 파란색, 채송화가 선명하고 투명한 자신들의
색을 발산하고 있다

습습한 팔월
참, 견디기 힘든 계절

자신들의 정체성을 잃어가는 사람들

채송화도 시들어 비틀어지게 할
불타는 태양의 화기를
자유라는 바람의 이야기로 견디는데

우리는 누군가에 족속 된 존재였나!

짐승 1

사람이라고 다 사람이 아니다
세상에는 짐승도 있다
사람과 짐승을 구별하여 사귀지 않으면
영원한 고통이 따른다.

짐승 2

길러준

개들은 은혜를 아는데

검은 머리 사람들은

개만도…

쓰레기 분리수거 1

안개비가 부슬부슬 내리는 새벽어둠 속
쓰레기차에 매달린 환경미화원
골목골목 내달리고
음식 쓰레기 담긴 봉투 집어 들다 썩은 물 얼굴로 튀고
담배꽁초 가득 찬 소주병
먹다 남긴 치킨 담긴 종이상자
재활용품 속에 섞여 있어
한마디 내뱉는다
쓰레기를 분리 수거할 게 아니라
썩을 놈의 인간들을 분리 수거해야지!

쓰레기 분리수거 2

스카이 대학교
실력 좋고 멋진 철학과 오 교수

인간이 해야 할 일
해서는 안 될 일

막힘 없이 거침없이 강의를 한다

오 교수 자네 아들 외국 유명 대 붙었다며
지나가던 동료 교수 인사를 건넨다

오 교수 학장실 들어와 컴퓨터를 켜고
총장의 직인이 찍혀있는 인턴 증명서 출력한다.

무림의 고수를 찾아서

딱 딱
화점에 바둑알이 놓인다

백 부장 왈
바둑에서 최상은 무엇인 줄 아나
싸우지 않고 이기는 것이라네
그것이 아니라면
자기 돌을 최소로 희생시키는 것이지

대국은 시작되고
이곳저곳에서 벌어지는 난타전
신명 나게 칼춤을 추며 치고 들어간다
흑 돌이 백 돌을 몰아붙인다
백 돌 십여 알이 앞에 놓였다
오늘은 이겼구나
더욱더 세차게 백 돌을 밀어붙인다
하지만 순식간에 판이 뒤집혔다

아~
후절수*

세상이 시끄럽다
온통 시끄럽다
하수들이 설쳐댄다

오늘도 나는
무림의 고수를 찾아
세상을 등진 백 부장을 찾아
떠난다.

* 후절수 : 나의 돌을 희생하여 상대방의 돌을 잡는 바둑 최고의 묘수

음우회명

겨울의 초입
세찬 바람에 이리저리 뒹구는 낙엽

삼수갑산 하늘과 땅이 맞닿은 곳에서
세상이 더러워
세상과 연을 끊고 살았던
백석*이 떠오른다

어지러운 세상
팍팍한 삶의 나날들
세 치 혀에 놀아나는 세상

이솝이 말했지
세상에서 가장 악한 것은
사람의 세 치 혀라고

우리네들은 어디를 향하여 달리고 있을까!

겨울의 초입
세찬 바람에 나의 마음도 산산이 흩어져
낙엽 따라
이리저리 뒹군다.

* 백석 : 시인

니체*와 치매 노인

니체가 치매 노인에게 행복하냐고 묻는다
치매 노인은 말없이 웃는다

니체가 히틀러와 푸틴에게
무엇을 하면 행복하냐고 묻는다
"세상을 파괴하고 인간들을 괴롭히면 행복해"라고 둘은 말한다

니체가 신은 어디에 있냐고 악마에게 묻는다
"세상에 신神은 없어"라고 악마는 말한다

니체가 옆에 앉아있는 치매 노인에게 또 묻는다
"신은 어디에 있지요?"
치매 노인은 "신들은 휴가를 갔어~
세상이 너무 힘들데"라고 말하며 웃는다.

* 니체 : 『짜라투스트라는 이렇게 말했다』를 저술한 서양 철학자

괴물의 탄생

누가 괴물을 낳았는가
누가 괴물을 키웠는가
바로, 나~!

아스팔트

붉은 태양
덤프트럭
도로 위로 쏟아지는 검은색 타르
콧구멍 속
코를 찌르는 매캐한 냄새
밀짚모자를 쓴 건설 노동자들
아스팔트 위로 쏟아지는
굵은 땀방울

한여름

노동자들의 얼굴엔
곰소 염전
하얀 소금 덕지덕지

검은색 아스팔트
모락모락 피어나는 하얀색 연기
하늘로 하늘로

그들의 숨 가쁨 소리도
하늘로 하늘로

도로를 달리는 버스의 승객들
창문, 창문, 창문
닫고, 닫고, 닫고….

잘 난 체하지 마라

나,
너,
우리~
다 같은 삶이다

들꽃인들,
장미꽃인들,
백합인들,

잘 난 체하지 마라

저마다
한 세상
잘 살면

사람인들…
동물인들…

장님들

보이느냐
보았느냐
무엇이 보이느냐
잘 보이느냐
잘 보지 못하면 나서지 말아라
세상이 혼란스럽다.

허업

누군가 묻는다

어느 대학 나왔냐고
외국에서 유학했지요

얼마나 벌었냐고 묻는다
빌딩 몇 개 살 만큼 벌었지요

예쁜 여자 만나봤냐고 묻는다
세상에서 제일 아름다운 여자 만났지요

어떤 차 샀냐고 묻는다
지붕 열리는 빨간색 스포츠카 샀지요

어느 자리까지 올라갔냐고 묻는다
세상 사람들이 다 아는
높은 자리까지 올라갔지요

많은 것을 이루었냐고 묻는다
살면서 원하는 것은 다 이루었지요

잘 살았냐고 묻는다
글쎄요…

밍크고래를 사랑하여

검은색 비로드
우아한 자태
하트 모양의 아름다운 꼬리로 힘껏 바다를 두드리면
하얀 물보라
세상에 나 살아있다고 소리친다

신선한 공기 가슴에 들이켜고
힘껏 포효하고
깊은 바닷속으로 들어가면
심연深淵의 바닷속에서 무한한 자유를 느낀다

오직 밍크고래의 자유로운 몸짓을 방해하는 건
인간이 뿌려놓은 그물뿐

나는 밍크고래를 사랑하여
오늘도 궁동수영장*으로 간다
두 다리에 힘을 주어 물을 차고
양손에 물을 모아 힘차게 몸뚱이를 밀어 올려
세상 밖으로 나와 깊은숨 들이마신다

세상은 두 발 두 손으로 감당하기에는 너무 힘들다!

하늘에 떠 있던 나의 아름다운 하얀 몸뚱이가 깊은 물 속으로 떨어지면
그곳에서 태아 적 어머니 뱃속에서 유영을 하던
평화를 잠시 찾는다.

* 궁동수영장 : 구로구에 있는 수영장

광산에 정을 박고

자네
히말라야 넘어 보았는가
대머리독수리와 함께 태양을 향해 날아본 적 있는가

황금과 다이아몬드가 있을 거라는 속삭임에
태양을 쫓는 이가 만든 광산으로 안대로 눈을 가린 이들은
어깨에 곡괭이를 메고 걸어 들어가고

쇳물이 끓는 용광로 앞에 선 이
손바닥 발바닥 거무튀튀하게 소가죽 염색하는 이
깊게 패인 어깨로 질통을 나르는 이
육중한 절단기 앞 검지 반쯤 남겨진 이
어깨동무하고 노래를 부르고

막장 속 바위 쇠망치로 정을 두들겨 다이너마이트를 박고
심지에 불을 붙이면
갱도로 날아 떨어지는 이
전등 줄에 목이 걸리는 이
이곳저곳 붉은 피 흩뿌리고 흩뿌리고

태양을 쫓는 이는 눈먼 이들을 다그치고
막장 속 끝없이 정을 박고 더 많이 채굴하라고

터널 밖에선 황금과 다이아몬드가 있다고 속삭인 이들은
술을 마시며 춤을 추며 축제를 벌이고
광산 속으로 들어가지 말라고 외치던 이들은
숨을 죽이고 눈을 감고 있고…

양귀비꽃

오늘은 몇 개나 팔 수 있겠나
리어카에 한 짐 가득 싣고 비탈진 길을 내려가는 노점상
마을버스 종점 보도블록 위
돗자리 대나무 채반 광주리 밀짚모자 빗자루를 인생사만큼
이나 길게 자리를 펼치면
버스서 내린 승객들은 무심히 지나가고
검은 얼굴 위 갯골처럼 깊게 주름이 패인 그가
길모퉁이에 앉아 멍하니 하늘을 바라보며 연신 담배 연기를
날려 보내면
젊은 아기 엄마들은 눈살을 찌푸린다

하루 종일 번 몇 푼 안 되는 돈으로
막걸리와 소주를 줄지 않는 리어카의 무게에 더하고 다시 비
탈진 언덕길을 오르면
산새 한 마리 울음소리 붉게 물든 서쪽 하늘로 울려 퍼진다

비가 오는 날
어두컴컴한 빌라 반지하에선
아침부터 술타령이 벌어지고

위암 말기 약 봉투는 식탁 위에 수북이 쌓여가고
"이놈의 인간아~
 술 좀 그만 마시랬지~!
 빌라 이것 하나만이라도
 아들과 나에게 남겨 주고 저세상으로 갈 수는 없겠니"라고
아내가 쌀쌀맞게 쏘아붙이면
노점상은 양귀비꽃 같은 검붉은 피를 한 움큼 토해낸다.

깊은 산속 요양원

화려한 네온사인
블루스 지르박 차차차
음악의 리듬에 몸을 맡기고
남녀가 스텝을 밟는다
부킹이 들어온다
사장님 사모님 스텝 한 번
밟아보시겠습니까
밤 열두 시가 지나 새벽이 올 때까지
술에 취해
음악에 취해
춤에 취해

잘나고 돈 많은 멋진 사내들
예쁘고 아름답고 화려한 귀걸이와 목걸이를 한 여인들
댄스 플로어에는 춤의 열기가 넘쳐흐른다
댄스 플로어에는 한 쌍의 남녀가
관객들의 환호성과 박수를 받는다
춤이라는 마약에 취해 세월은 흘러간다

서방과 아내는
원망과 미움과 증오가
수십 년을 지나 산 만큼 수북이 쌓인다

나이가 들어 춤을 추지 못하는 사내와 여자의 다리엔 힘이
빠졌고 치매와 풍이 찾아왔다

잘 나지 못하고 돈 못 벌던 서방
예쁘지 못하고 매력 없는 아내
가슴엔 세월만큼이나 푸른 멍이 든다

이제는 당신들로부터 해방되어야겠어
몸과 마음이 자유로워져야겠어
춤에 취해
여자와 남자에 취해
불륜과 돈에 취해
가정을 버렸던 오류동 박 사장이
똥오줌을 못 가리게 되자
아내는 남편을 포천의 깊은 산속 요양원으로 데리고 간다
다시는 살아서 나오지 못하는 곳으로….

네가 오지 않았더라면

나의 뜰
아름다운 정원에 봄 햇살이 찾아와
왜 벌써 왔냐고 물으니
너희들이 빨리 오라고 재촉했잖아…
앞마당에
진달래 피고
개나리 피니
철쭉도 살구꽃도 따라 핀다

며칠 뒤 추위가 찾아와 살구꽃이 얼어붙어
한 잎 한 잎 떨어지니
살구나무 시들시들 천천히 말라 죽어간다

뜰에는 꽃향기 맡고 겨울잠에서 벌들이 나오니
개구리들도 벌들의 '윙윙' 거리는 날갯짓 소리를 듣고 잠에서
깨어나 돌아다닌다
벌과 개구리는 기지개를 켜고 따뜻한 봄 햇살을 온몸으로 반
긴다

하지만
따뜻한 봄인 줄 알았는데…
좋은 세상인 줄 알았는데…
또다시 추위가 찾아와
벌과 개구리는 느릿느릿한 숨을 내쉬며
땅바닥에 벌러덩 누워
하늘을 본다
하늘은 시커먼 매연과 황사로 덮여 숨을 쉴 수가 없다

네가 오지 않았더라면….

서울의 끝자락 개봉동

매봉산 너머에
관음사라는 절이 있다.

비구니 스님은
서울의 끝자락 개봉동에라도 사는 것은
전생에 많은 복을 쌓아서 사는 것이라 했다

뉴질랜드에서 사업을 하다
귀국한 최 선생이 매봉산 밑에 자리 잡았다

서초동에서 커다란 음식점을 하다 사업을 접은
김 사장도 이곳에 자리 잡았다

역삼동에서 가축 사료 수입업을 하던
아름다운 이 사장도 매봉산 밑에 자리 잡았다

한때는 잘나가던
사연 많은 이들이
이십여 년 전

매봉산 밑에 자리 잡은 내 집으로
가끔씩 커피와 술을 마시러 오곤 한다
세상살이 이야기꽃을 피우러…

강남은 더 이상 우리가 살 수 없는 세상이라고
매봉산 끝자락은 지방으로 낙향하기 전 마지막으로 거쳐 가는 동네라고
매봉산 밑은 상처받은 이들을 안아주는
다정한 이웃들이 사는 동네라고

오늘도
서울의 끝자락
개봉동의 끝자락
매봉산 밑에서는
눈물겹고 힘겨운 삶들이
하루하루를 살아가고 있다.

가난한 사람들을 사랑한다

손가락에 헝겊을 칭칭 감고 구두약을 바른다
반짝반짝 물광이 날 때까지
13살 소년은
손가락이 부러져라 구두를 닦는다
뜨거운 한여름의 태양 아래
땀으로 얼룩진 새카만 얼굴로
아이스케키 통을 어깨에 둘러멘다
치과 보조공으로 치아 금형도 배운다
세월은 흘러
커다란 상가건물을 몇 채 가진
금형 회사도 운영하는
개봉동 이 회장이 되었다

예쁘고 화려한 색상의 속옷 잠옷 메리야스
속옷 사세요 손수건 사세요
목이 쉬도록 십수 년을 외친다
세월이 흘러 광명시장 중심가에
커다란 상가건물을 샀다
개봉동 푸르지오 아파트에 산다

벤츠를 타고 다녀서 벤츠 회장님이라고들 부른다
개봉동 헬스클럽 스포에니에서 만나면
장터에서 싸웠던 이야기도 곧잘 한다

언니야~, 동생들아~
새로 나온 화장품인데 피부에 좋으니까
아들딸 며느리한테 한번 발라보라고 해
홍삼 건강에 좋으니까 먹어보라고 해
회의 시간마다 직원들에게 말한다
빨간 립스틱을 칠한 고운 왕언니
이십여 년 전 남편을 여의고 홀로 씩씩하게 삼 남매를 키운다
한 해 한 해 지나며 상가며 집을 여러 채 가지게 되었다.
가끔씩 남편도 그리워하고 눈물도 많이 흘린다
남자 친구가 있었으면 하는 눈치다

나는
가난하고 어렵고 힘이 없지만 열심히 사는
개봉동 사람들을 사랑한다
투박하고 거칠지만 다정한 이웃이기에…

개봉동 잣절공원으로 오시라

긴 겨울 밀어내고 해마다 찾아오는 삼월
학교 운동장엔 개학해서 장난치고 뛰어다닐 아이들 모습은 보이질 않고
코로나 전염병이 한동안 계속되니 거리엔 사람들 모습은 한산하고
학교 앞 분식점엔 떡볶이며 순대를 먹으러 줄 서던 이들은 사라진 지 오래고

가끔씩 거리에서 만나는 다정한 이웃들
다가서다가 머뭇머뭇 멈칫멈칫
저마다 가슴에는 두려움이 다가오고
사회와 거리는 활력과 생기를 잃어가고…

신나는 음악에 맞추어 흔들어도 보고 싶고
헬스장 러닝머신에 힘차게 뛰어도 보고 싶은데
답답한 마음 뒤로하고 개봉동 잣절공원으로 발걸음 옮기면
매년 사월이면 이십 년 넘도록 벚꽃나무 진달래 나를 반갑게 맞이해주었는데
올해는 몹쓸 놈의 전염병 때문에, 나 홀로 연초록 수양버들 바라보고

생태공원 습지엔 창포와 개구리밥 어여쁨을 더하고
봄날 햇살 노란 개나리는 화사함을 더하는데
함께 산책할 벗 없으니 마음은 산란하고

산 벚꽃 겹벚꽃 오랜 세월 뿌리내린 매봉산
벚꽃 잎 바람에 날려 자락길 눈처럼 쌓여가면
사월의 쌀쌀한 밤은 연인들을 안기고
나는 새하얀 꽃잎들 상할까 발걸음 하지 못하고

코로나 전염병에
어려운 경제난에
마음 다쳐 상처받은 그대들
발길 축복해 주는 벚꽃 잎 맞으러
개봉동 잣절공원으로 오시라~

봉화 늙은 약초꾼

산언덕 언저리 약초 망태기 바위에 누이고
벼랑에 걸쳐 앉은 늙은 약초꾼
깊게 파인 주름살 무표정한 얼굴
멀어져 가는 영동선 열차 물끄러미 내려다보고

봉화 산골 오지
가난한 막내아들 배고픔 못 이겨
철로길 따라 집을 나서면
짧은 가방끈에
막노동 공사판 전전하며 분진 가루 마시고
여러 해 손톱에 검은 때 빠질 날 없이 불판 닦고
산더미같이 쌓인 그릇 설거지하였지만
집 한 칸 마련하기 어려워
화려한 밤 도시 네온사인 야식배달 오토바이
분노의 질주
사람이 그리워 정이 그리워
누군가에게 마음을 주었지만 돌아온 건 사기와 배신

잡초며 칡넝쿨 무성히 자란 고향 부모님 산소
병들어 지치고 마음의 상처 입은 막내아들
반갑게 맞이해주면
"그래 잘 왔다" 어머님 목소리에 술잔 따르고

봉화 양원역 관광열차 들어오면
송이, 목이, 석이, 상황, 영지, 노루궁뎅이 버섯
당귀, 부처손, 잔대, 더덕, 하수오, 오가피, 칡, 감초, 곰취, 여행객에 내어주고
도시에서 주고받지 못한 정 한 움큼 덤으로 내어주고

마음과 몸 정신이 병들어 찾아오는 도시인들 안쓰럽게 바라보며
멧돼지 새끼 제 어미 따라 노니는 계곡을 따라
저 멀리 보이는 낙동강에 한스러운 마음 띄우고
봉화 늙은 약초꾼 오늘도 벼랑길 탄다.

한평생 마음의 빚을 지고 살았소

난 알지 못했소
거리 거리에 뿌려진 전단지
고립된 시민의 함성
통금시간 호루라기 불 때까지 뒷골목에서 피 흘린 영혼의 투쟁
광주의 가슴에 날아든 핏빛 저녁노을
5·18

감싸주지 못했소
명동성당 계단에서 십자가 바라보며
희뿌연 최루탄 가슴에 박혀진 채
물에 젖은 창호지 얼굴에 덮어진 채 떠나가는 영혼

한평생 마음의 빚을 지고 살았소
피 끓는 젊음을 함께하지 못한
광화문 광장에서 벗들과 달리지 못한
한 평 독방에서 '솔아 솔아 푸르른 솔아'를 부르지 못한

살면서 살면서 한쪽 가슴이 무거웠소
자유의 함성 외치지 못해

용기가 없어 싸우지 못해
그대들이 농사지은 자유의 포도송이 나누지 못해

그대들이
뒷골목 포장마차에서 벗들의 영혼을 달래려
소주잔을 돌릴 때
나는 그대들과 함께하지 못함에
소주잔에 떨구어진 눈물을 마셨소

지난날
그대들의 열정과 투쟁은 순수하였소
아침 들녘 메뚜기 떼 목축이는 벼잎 끝에 매달린 한 방울의
이슬이었소
그대들은 고귀한 희생을 하였소
가을 들녘 풍성한 벼 이삭들 고개 숙이게

하지만 그대들은
아파트 계단 오르내리며 신문을 돌리던
건설현장에서 질통을 짊어지며 학비를 벌던

지하철 입구에서 구두를 닦아야만 했던
가난한 이들의 배고픔을
집안의 가난을 끊기 위해 도서관을 지켜야만 했던
벗들의 미안함을 이해하지 못하는 이들은 아니었소
황금빛 가을 들녘 비바람 몰아쳐
고개 숙인 벼 이삭들 흙탕물에 잠기게 한
광기 어린 태풍은 아니었소.

제3부

방황하는 청년들

외롭고 고독한 슬픈 늑대

깊은 계곡
높은 벼랑 위 한 마리 늑대가 세상을 바라보며 울고 있다
그가 태어난 곳은 먹잇감과 사냥감이 늘 부족했다
늑대들은 짝짓기에는 관심이 없었고
서로가 따뜻하고 안전한 잠자리와 먹잇감을 차지하기 위해,
피비린내 나는 동족의 혈투를 벌이었다
늑대들의 얼굴에는 희망의 빛이라곤 찾아볼 수 없었고
그저 모든 것을 다 차지하려는 동물적인 본능과 욕망만이 있을 뿐이다

어느 날 늑대는 호숫가 물속에 비친 자신의 모습을 보았다
물속에는 입가에 붉은 피를 묻히고 불타오르는 이글거리는
눈을 가진 늑대의 모습이 보였다

물속에는 아름다운 잉어 여러 마리가 헤엄쳐 다녔다
물속에는 맛있는 먹이가 풍부했고
잉어를 노리는 악어와 사냥꾼들이 없었다
잉어들은 서로서로 몸을 비비며 아름다운 신혼 색을 띤 채
평화롭게 사랑을 나누고 있다

강하고 힘줄이 굵게 튀어나온 야생의 늑대는 생각한다
나도 따뜻한 잠자리를 찾을 수 있을까?
아름다운 짝을 만날 수 있을까?
사랑을 할 수 있을까?
노래를 부르며 맛있는 먹잇감을 친구들과 나누어 먹을 수 있을까!
이 치열한 경쟁과 싸움만이 가득 찬 계곡에서 살아남을 수 있을까!

초승달이 뜬 어두운 밤
늑대들의 울음소리가 거칠고 가파른 계곡을 타고 밤새도록 슬프게 울려 퍼진다.

핑크 마이 돌doll

도쿄 변두리 작은 쪽방
낡은 침대 위
핑크색 마이 베이비 귀여운 인형
너는 나의 신부

나는
여자 앞에 서면 자신감이 없어
능력도 없어
돈도 많이 못 벌어
자동차도 없어
좋은 집도 못 사

편의점 알바
택배 알바
컵라면에 김밥 한 줄
그냥 아무 생각 없이 하루하루 살아

외롭고 쓸쓸한 날이면
침대 위
마이 귀여운 베이비가 환하게 웃어줘
사랑스럽게 웃어줘
키스도 해줘

도쿄 시내 신주쿠
핑크색 쇼룸
나의 신부가 입을 옷을 고르고 있지
립스틱도 고르고 있지
그녀를 위한 쇼핑만 해
그녀가 있는 작은방은 핑크색으로 가득해

그녀는 나에게 화를 내지 않아
야단도 치지 않아
언제나 사랑스럽게 웃어줘
핑크 마이 돌!

반딧불처럼 살고 싶다

잣절생태공원* 숲
딱따구리 참나무에 구멍을 낸다
딱딱 딱딱
딱따구리도 집을 짓는데
우리는

잣절생태공원 어두운 밤
반딧불이 춤을 춘다
제짝을 찾기 위해 밤하늘에 아름다운 수를 놓는다
창포, 연잎, 수국, 왕골 위에
반딧불도 짝짓기할 집이 있는데
우리는

잣절생태공원 습지에 비가
내린다
개구리 맹꽁이 아구리가 터져라
소릴 지른다
제 사랑을 찾으려고
우리는

잣절생태공원에 먹구름이 몰려온다
붉은 개미 흰개미
죽은 벌레 과자부스러기 나뭇잎
입에 물고 분주히 일을 한다
20, 30 우리는…

* 잣절생태공원 : 서울 개봉1동에 있는 생태공원

그물에 걸린 용

오래전
설악산 구곡담 계곡 쌍룡폭포
지리산 피아골 용수암
한라산 천지연 폭포에
흑룡, 백룡, 청룡, 황룡들이 살았다
금수강산 곳곳
작은 소와 폭포에
용들이 살았다

용들은 새끼를 낳았다
어린 용들은
계곡에서 자유로이 뛰어놀았고
숲속에서 사색하며 철학을 배웠다
수평선 끝까지 펼쳐진 드넓은 바다를 보고 웅대한 꿈도 키웠다

어린 용들은 성장해
백담사 계곡을 따라
섬진강을 헤엄쳐
정방폭포를 날아

죽어서 용이되 동해 바다를 지키는
신라 문무왕 수중릉으로 향했다
다 같이 나라를 지키러

세월은 흘러
인간들이
하천, 강가에 커다란 그물을 쳤다
어린 용이 그물에 걸렸다
태양을 향하여 화살을 쏠
어린 용이 죽어가고 있다
더 이상 개천에서 용을 볼 수 없다!

제4부

너도 나만큼 아프니

너를 만나지 않았더라면…

너를 만나지 않았더라면
붉은 양귀비꽃처럼
나의 가슴은 멍들지 않았을 것을
다음 생에는 다시 만나지 말자

나는 양귀비꽃으로 피어나고
너는 나비로 다시 태어나더라도
나의 곁을 못 본채 지나쳐 주렴

너를 만나서
아픔을 노래하고
몇몇 날을 지새우고
잊힌 줄 알았는데…

또다시 양귀비꽃이 피어나니
나의 가슴은 붉은색으로 물들어간다

너를 만나지 않았더라면
이렇게 아프지 않았을 것을….

음악과 꽃과 나의 사랑

피아노 연주곡이
빗방울을 타고 흐른다

유리창 밖은
여전히 찬 겨울

카페는
성미 급한 녀석들부터
봄의 꽃망울들을 터트리기 시작한다

조용한 카페
꽃과 나의 침묵이 흐르고

그녀와 나의
사랑의 추억도 흐른다

풍경소리
댕그랑, 댕그랑
울리며

살포시 들어 올
나의 사랑이여~.

내가 사랑한 사람은,
나를 사랑하는 사람은

내가 사랑한 사람은

첫사랑 이미 떠나갔고
둘 사랑, 떠나갔다
셋 사랑, 떠나갔다
넷 사랑, 떠나갔다

사랑이 두렵다!
사랑은 나에게 고통, 좌절, 절망

어느 여인이 다가온다
예뻐도 밀어낸다

사랑하고 싶지만
헤어질까 두려워
상처받을까 두려워

결혼은 해야 하는데
장손이라서

나를 사랑하는 사람은

맞선을 보았다
첫 번째 맞선 마음에 안 들었다

두 번째 맞선 몇 번 만나니~~
그녀가 나를 좋아하기 시작한다

나를 보면 숨을 못 쉴 정도로 좋단다
눈에 콩깍지가 낀 걸까?

점집에서 사주를
나는 용띠, 그녀는 원숭이띠
잘 맞는단다

금요일 저녁,
그녀가 월미도에 가잔다

군포에서 택시를 타고
월미도로 갔다

어두운 새벽, 밤바다를 떠나가는 어선들을 바라보며~
월미도 횟집에서 우럭을 안주 삼아 찬 소주를 마시는데
그녀는 갑자기 배가 아프단다

근처 병원을 찾아보았지만, 문을 연 곳은 없다

옆에 호텔이 있다
병원은 해 뜨면 가고
호텔로 가서 쉬자고 했다
‘…….’

그녀는 지금,
나의 팔베개서 어린아이처럼 새근새근 잠을 자고 있다.

제5부

아픈 형제들이 있기에

어머니 젖 섬진강 1

섬진강 건너
봉긋 솟은 어머니 젖가슴 닮은 오산*

가파른 벼랑 뿌리를 내리고
바위 휘어 감아 하늘로 오르는
담쟁이덩굴처럼
원효 의상 도선 혜심
바위 타고 돈다

깨달음의 길 인도하기 위해
세상의 모든 것
부처라 알리기 위해
신선대, 관음대, 좌선대, 낙조대에 올라
좌선하는 고승

노랗게 핀 산수유
구름 타는 제비
춤추는 갈대
하얗게 눈 덮인 천왕봉 바라보고 수행하니
사성암 세워진다

얼어붙은 지리산 계곡
봄바람 불면
버들강아지
다람쥐를 반갑게 맞이하니
사성암 부처 지혜
섬진강 흘러든다

사성암 들려
마애여래 삼 배하고
팔백 년 묵은 느티나무와 같이
섬진강 마시는
풍요로운 구례 내려 본다

도선이 수도하던 도선굴에 앉아
화엄사 바라보며 두 손 모아 합장하고
풍월대 올라서니
구름에 가려진 지리산 능선들

석양이
들녘 끝자락에 걸리자

토벌군
빨치산
짓밟힌 민들레
섬진강에 얼굴 들이밀고 마신다.

* 오산 : 전남 구례 죽마리에 있는 산

다른 세상

첫 우럭이 낚싯바늘에 끌려 나온다
둘 우럭이 낚싯바늘에 끌려 나온다
셋 우럭이 낚싯바늘에 끌려 나온다
넷 우럭이 낚싯바늘에 끌려 나온다
다섯 우럭이 낚싯바늘에 끌려 나온다
여섯 우럭이 낚싯바늘에 끌려 나온다
일곱 우럭이 낚싯바늘에 끌려 나온다
여덟 우럭이 낚싯바늘에 끌려 나온다
아홉 우럭이 낚싯바늘에 끌려 나온다
열 우럭이 낚싯바늘에 끌려 나온다
열한 우럭이 낚싯바늘에 끌려 나온다
열둘 ……

누구는 매운탕으로
누구는 생선구이로
누구는 뼈와 살이 발라지는 선홍빛 회로

바닷속에서 우럭들이 수군수군거린다
내 친구들은 다 어디로 갔지
아마도 잘살고 있을 거야~.

머나먼 여정

푸드드득, 푸드드득
끼루룩, 끼루룩
눈보라 몰아치는 시베리아 툰드라
큰 기러기 쇠기러기
날갯짓 소리 울음소리

인간의 사냥 소리 탕 탕 탕 울리면
수북이 쌓인 흰 눈 위 시뻘건 피 흩날린다

봄부터 알 낳아 품어 새끼 키운 정든 고향
인간의 손 닿지 않는 곳으로 떠난다

천수만 하늘 위
앞에서 끼루룩, 끼루룩
뒤에서 끼루룩, 끼루룩
응원하며 격려하는 기러기들

맛있는 낟알
자유 평화 찾아 떠나는
머나먼 여정 사만 킬로미터

칠흑같이 어두운 밤
배곯아 죽지 않기 위해
숨소리 죽이며 얼어붙은 압록강 건너는
이 씨 김 씨 가족

타당~ 탕! 탕!
타당~ 탕! 탕!
쓰러지는 아버지
어서 가, 어서 가라 외친다
피눈물 흘리며 넘어지고 굴러 도착한 연해주
강 건너기를 기다리던 인신매매단
산간오지로 언니 여동생 팔아넘긴다

중국 공안에 쫓기는
수만 리 돌고 도는 머나먼 여정
라오스 베트남 넘어 자유와 평화 찾아
얼어붙은 두만강 오늘도 건넌다.

입춘

산천 산하 얼어붙은 대지에 봄이 오면
민중의 가슴에 따뜻한 봄이 오면
우리 집 강아지 몽실이 손잡고 춤을 추면
윗동네 김 선생 손 잡고 더덩실 춤을 추면
아랫동네 이 선생 얼싸안고 지화자 춤을 추면
벙어리 냉가슴 나에게도
따뜻한 봄이 오리.

참~, 화초를 잘 키우시네요

카페 앞 정원엔 나그네들이 늘 기웃거린다
유리창 밖에서 카페 안의 꽃들과 화초를 바라보는 이들을 보곤 들어와 보란다
추운 겨울인데도 어쩌면 이렇게 식물이 잘 자라죠
"참~ 화초를 잘 키우시네요"라고들 한다

커피를 마시러 손님들이 와도 좋지만
손님들이 안 오는 시간은 도리어 감사해한다
명상의 음악을 틀어놓고 감사의 기도를 올리며 깊은 사색의 세계로 들어가 철학적 탐색을 할 수 있기에
눈을 감고 깊은숨 들이켜면 나만의 세계로 들어갈 수 있기에

카페 안은 크리스마스선인장, 개발선인장, 여우꼬리가 꽃을 활짝 피웠고
천리향, 앵초는 이제 막 꽃을 피우기 시작한다
영산홍도 아기 젖꼭지 같은 귀여운 꽃 몽우리를 살짝 밀어올리기 시작한다

새소리, 물소리가 넓은 공간 속으로 울려 퍼진다
사랑스러운 화초 꽃나무들은 아름다운 소리에 귀를 기울이
고 평화로움 속에 졸고 있다

혼자 이 여유로움을 즐겨도 되는 걸까
유리창 밖의 나그네와 살아 숨 쉬는 생명과 함께하고 싶다

유리창 틈새로 겨울의 찬바람이 스며든다
유리창엔 젊은 날 거리에서 자유와 투쟁을 외쳤던 이들의 모
습이 아른거린다
함성도 들린다

우리는 자유를 얻었다
너와 나는 인간의 권리도 얻었다
우리가 외쳤던 함성은 반쪽만을 위한 것이었나

너와 나는 외면하며 살았다
애써 모른 체하며 살았다
내 가족 내 형제가 아니라고

위선으로 포장하며 살았다
마냥 내버려 둬도 잘 살겠지 라며

젊은 날 매캐한 연기를 마시며 광화문 거리를 내달려 쟁취했던 인간의 권리를 북쪽 하늘 형제들에게 나누어주길 바란다
자유와 평화를 누리며 살았던 그대들이 나누어 주길 바란다.

제6부

나를 찾아서

신 앞에 홀로 선 나

우리는 결코 틀리지 않을 거야
다 함께 길을 가고 있으니

삶의 끝에서

신이 나에게
잘 살았냐 물으면…
참되게 살았냐 물으면…

아~
오늘 밤도 신神의 음성音聲이…

어머니 젖 섬진강 2

섬진강에 손바닥 가득
들여 내어

머리에 쏟고
두 손 모아 합장하니

온몸 가득
부처 지혜
흘러내린다.

어린아이처럼 살고 싶다

내 나이 육십
어린아이처럼 살고 싶다

드넓은 대지 위에 뿌리를 내리고
하늘을 향해 이상을
싹 틔우는 나무와 같이

어린아이처럼 울고 싶을 때 울고
개울에서 물장구쳐보고 싶을 때
물장구치는

내 마음의 천국 속에서
어린아이처럼 살고 싶다

닫힌 세상의 틀 속에서
천상天上을 향하여 뛰어가는
어릴 적 학교 친구들
이웃들

그대들 속에서
아직도 당신當身은 철부지라고
핀잔을 듣지만

국립수목원의 전나무 숲에서
자유로이 뛰노는 고라니처럼 살고 싶다.

파도를 거슬러

끊임없이 밀려오는 검은 파도
떠 있는 나
온몸 발가벗겨져 거친 파도 속으로 떠밀려 들어가면
목구멍까지 차오르는 쓴 바닷물 들이켜고
죽음에 다다라 눈을 감고

검은 파도 속
손과 발
거친 파도 따라 춤을 추고
물결 따라 꿈결 따라 하얀 몸뚱어리 춤을 추고

가자 가자 어여 가자
고통 슬픔 벗어던지고
피안의 세계로

가자 가자 더덩실 춤을 추며 가자
평화로운 곳으로

백사장에 뒹굴어진 나
타오르는 목마름
뜨거운 태양의 열기
흐릿한 의식 속 다시 눈을 감으면

폭풍우 몰아친 뒤
잔잔한 물결
부드러운 물결이 있을 거라는 믿음에
파도에 거슬러 몸부림도 쳐보고
거센 물보라 밀려오는 파도에 맞서도 보고

가자 가자 어여 가자
의식을 가지고
형형색색 각양각색 빛을 따라
희망의 씨앗 뿌릴 수 있는 곳으로

가자 가자 어여 가자
두려움 떨쳐버리고
신념을 가지고 의식을 가지고
믿음의 꽃 피울 수 있는 곳으로…

백담사에서 세상을 내려놓다

백담사 계곡을 따라 올라간다
나라를 빼앗긴 만해*도 올라가고
권력에서 내려온 전 대통령도 올라가고
위암 걸린 최 보살도 올라가고
관광객을 태운 버스도 계곡에 처박힐 양 위태롭게 올라간다
깨우침을 얻고자 동자승도 올라간다
공황장애에 시달리는 나도 올라간다

관세음 전에 삼배하고 나오니
빗방울은 쏟아지고
퇴락한 처마 끝에서 떨어지는 낙숫물에 극락보전 앞뜰은 깊게 파이니
가슴에 새겨진 번뇌인 듯하여라
백담사 계곡 물안개 피어오르니 신선이 노니는 계곡인지라
아름다움에 현혹되어 주저앉는다
내려놓고자 하는 마음 다시 채워지니 사람의 욕심은 끝이 없구나

우르릉~, 쾅~! 쾅!
돌 굴러가는 소리

소용돌이치는 소와 담은 거친 물거품을 일으키고
계곡 속에 흐르는 마음은 또다시 욕망의 물기둥을 일으킨다

먹구름이 백담 골을 타고 올라간다
계곡은 굽이쳐 흘러간다
바위는 둥근 자갈이 되고
세속의 상처는 아픔을 딛고 잔잔한 물결이 된다

만해는 나라를 되찾고
권력자는 보살이 되고
최 보살은 산새가 되어 날아가고
관광객은 평온을 찾는다
동자승은 깨우침을 얻어 주지 스님이 되었다
불이문 앞 계곡엔 무수히 많은 돌탑이 세워졌으나
나의 마음은 아직도 소와 담 속에서 거친 물보라를 일으킨다.

* 만해 : 한용운(시인이자 스님이며 독립운동가)

슬픔 없이 기쁨 없이 가는 길

허리에 동여 매어진 빨간 노끈
탁, 탁, 탁
지팡이에 의지한 채
수좌승 잡아당기는 노끈에 이끌려
주름살 깊게 파인 노승이
가야산 해인사 허리 구부린 채 올라간다
세상 뜨기 전 스승께 드리는
마지막 인사길

탁, 탁, 탁, 탁
목탁 소리에 이끌려

탁~, 탁~, 탁~
머리 두드리는
깨우침 소리에 이끌려

부모와 처자식을 버려야 했던
세속의 고통
집착, 욕망, 번뇌, 근심

홀로 떠났던 오랜 여정을 끝마치려
가파른 길 쉬었다 멈추었다
거친 숨 몰아쉬며 올라간다

영겁의 윤회 속에 가는 길
슬픔 없이 기쁨 없이 가는 길

덧없는 삶을 받지 않는
길을 가고 있다.

도로 아미타불

수행修行을 한다 해도 늘 그 자리거늘
다른 이의 허물만 보이니
나락那落으로 떨어지는구나

'나무 석가모니불~'

가을 들녘 자전거 타고 소나기 속을

안양천 따라 자전거 페달을 밟는다
긴 장마 태풍에 수초들이 납작 엎드리고
황톳빛 흙탕물 온몸으로 버텨내고 있다

물왕리 가는 오솔길 산 밤 몇 알 떨어져 있어
자전거 풀숲에 누이고 알밤 주워
바지 주머니 불룩하게 집어넣으면
아버지와 산 밤 따던 어릴 적으로 돌아간다

부러진 나뭇조각 주워 밤나무에 냅다 던지니
얻어맞은 나뭇가지들 밤송이며 밤톨들 후드득 내준다
개중엔 덜 익은 풋밤 송이 있어
발로 비비고 가시에 찔리며 풋밤 끄집어내어 입에 넣으니
덜 익고 떫은맛 입속 침 돌게 한다

세상살이도 덜 익었을 때가 살 맛 났다
다 영글면 내가 잘났지 네가 잘났지 잘난 놈들뿐

가을 햇살에 얼굴 까맣게 익어 가며
들판에선 아낙네들 고구마 캐고
관곡지*엔 남정네들 진흙 속에
다리 깊숙이 빠지며 연근 캔다
땀과 진흙으로 얼룩진 가을의 노동
눈가에 흐르는 땀방울 수건으로 훔치고
원두막에선 청양고추, 잘 익은 배추김치, 안주 삼아 막걸릿잔
돌린다

관곡지 벗어나 누렇게 물든
황금빛 가을 들녘 달리면
잘 여문 벼 이삭 내음새
추석을 앞둔 고향으로 데려다준다

저편 산 너머 먹구름에 부지런히 자전거 페달 밟으면
머리 위로 쏟아지는 소나기에
온몸 내던지고 괴성을 지르며 달리니
얼굴이며 팔다리 온몸의 감각들이 되살아난다

살고 싶다
살고 싶다

어느 사이 젊은 날의 내가 달리고 있다
어우러지지 못하는 세상을
퍼붓는 소나기 속을
미친 듯이 달리고 있다.

* 관곡지 : 시흥시에 있는 연꽃단지

제7부

민족의 아픔을 넘어서

군산의 아픔은 계속되고

호남평야
일제에 의해 수탈된 미곡
장미동*으로 모이고

투전꾼 애비에 팔린 딸
산수정 유곽
창기로 팔려가고

조선의 공창들
동국사 찾아 소원 빌고

절터 한비짝 세워진 평화의 소녀상
금방이라도 쏟아질 것만 같은 커다란 눈망울
아리랑 아리랑 아라리요
원망 어리게 나를 바라보고

애비가 누군지도 모르는 유곽의 딸
군산 중앙시장에서 허리 굽어진 채
막걸릿잔 돌리고

좌판 상인 아들들
쉐보레* 떠나간 산업공단 실직자 되고

금요일 오후
실직자들이 빠져나간 상가들
을씨년스럽다 못해 스산한 기운
스멀스멀 등줄기 타고 오르고

잔 다르크 이순신
외치는 이들은 사라진 지 오래고

티브이TV에선
늙은 노 가수만 홀로 나와
테스 형*을 외친다~…

* 장미동 : 군산시 동 이름
* 쉐보레 : 자동차 이름
* 테스 형: 나훈아 노래 테스 형! 중 가사

이상화* 시비 곁에서

수성못*
나룻배처럼 떠 있는 작은 섬
나뭇가지 가지마다 하얀 백로 긴 다리 황새
따뜻한 봄 햇살에 졸고 있으면

나라를 잃은 젊은 청년이 수성못 둑방 길
뚜벅뚜벅 무거운 발걸음 내디디며 외친다
'빼앗긴 들에도 봄은 오는가'

몇 세대가 지난 수성못 둑방 길
아들과 함께 걸으며
빼앗긴 들에도 봄은 왔는데
왜 서로 서로의 가슴에 총질을 하는가 소리쳐본다

아!
대한민국이여
그대들의 가슴에는 언제나 봄이 오려나~.

* 이상화 : 시인이며 독립운동가, 대표 시 「빼앗긴 들에도 봄은 오는가」
* 수성못 : 대구광역시 수성구 두산동에 있는 호수

백마강은 흐른다

낙화암에 몸을 던진 삼천 궁녀의 눈물은
백마강 변에 백일홍으로 피어나

당나라 말발굽에 밟혀 흙 속에 묻히었던
백제금동대향로*의 오악사五樂士는
온 세상에 환희의 기쁨을 가져온다

웃음을 잊어버린 백제인의 후예는
백제의 미소
서산 마애 삼존불에
두 손 모아 합장한다

또다시 망국을 맞이할 수 없다고…
찬란한 예술혼은 멈출 수 없다고…

* 백제금동대향로 : 국보 제287호

남한강이 북한강을 맞이하네

흰 구름 휘어 감는 운길산 오르니
수종사* 불이문 정겹게 맞아주네

부처 여래 삼배하고 산신각 돌계단에 생각 놓고 앉으니
두물머리 넘어 희뿌연 구름
유월 녹음 산등성이 휘어 감는데
까마귀 떼 울어대니 세상이 시끄럽네

삼정헌三鼎軒*
수행 스님 맑은 견성見性*
다도 잔 맑은 찻물과 같아
다산*과 초의선사*가 마주한 다실에서
어지러운 마음 걷어 내네.

* 수종사 : 경기도 양평에 있는 사찰
* 삼정헌 : 수종사의 유명한 다실
* 견성 : 자기 본래의 성품인 자성을 깨달아 부처가 됨
* 다산 : 정약용(조선 후기 실학자)의 호
* 초의선사 : 조선 후기 승려

쎈 놈

일본의 진주만 기습
미국의 히로시마 나가사키 원자폭탄 투하
도쿄 오사카는 외국인 관광객들의 영어로 떠드는 소리가 넘쳐나는데

일본은 쎈 놈한테 약한 듯

국뽕에 취한 대한민국

일본에 쌍욕을 해본들 마음만 아프지
경제력과 군사력을 키워 일본을 능가하면
일본도 대가리 숙이고 찾아올 날이 오겠지

국력을 떨어트리고 딴지만 거는 거시기들
매국노와 뭐시 다른가!

언제부터 호랑이가
인간의 허락을 받았더냐

눈보라 몰아치는 시베리아 자작나무 숲
순록을 향해 온몸 내던지던 호랑이

장백산 가파른 절벽 위 한 그루 노송에
내 영역이라고 오줌 뿌리던 호랑이

백두산 뚫고 올라 우뚝 솟은 흰 바위에
두 발 걸치고 대륙을 향해 으르렁거리던 호랑이

모래바람 휘날리는 만주벌판 내달려
붉게 물든 동백꽃 드리운 남해바다 두 발로 힘껏 뛰어넘어
구상나무 우거진 백록담 올라
바다 건너 바라보며 포효했던 호랑이

검은색 등줄기 갈래갈래 내리뻗은
산천 산하 허리에 누가 동아줄을 매었더냐

수천 년 거센 바람과 눈보라에 맞선 소나무
온몸 갈라져 등짝 붉게 피멍 들게 하였더냐

언제부터 호랑이들이 인간에게 메어졌더냐
언제부터 인간이 던져준 고깃덩어리를 먹었더냐
언제부터 인간에게 굴복하였더냐

끊어내라 끊어내라~
허리에 매어진 동아줄
너희들은 태곳적부터 인간에 길들여지지 않는
야생의 호랑이였다

수만 년 세월 이 강산의 주인이 누구이었더냐
언제부터 호랑이가 인간의 허락을 받고

시베리아에서 한라까지
한라에서 만주벌판까지 오갔더냐

너희들은 인간에게 길들여질 수 없는
광야의 호랑이었다

되찾아라 되찾아라~!
송곳니 드러내고 들소를
한 손으로 내리찍는 야성을

포효해라! 포효해라!
이 강산의 호랑이들이여

칡 나무 덩굴 등나무 덩굴 엉켜진
갈등의 동아줄 끊어내려
인간에게 매어진 쇠사슬 끊어내려

으르렁거려라, 으르렁거려라!
신산의 호랑이들이여

바다 건너 이리들에게
대륙의 늑대들에게
호랑이는 태어날 때부터 맹수의 왕이었다고
인간의 지배를 받지 않는 자유의 왕이었다고~!

인생행로에서의 갈등요소 해법 탐색

— 백승찬 첫 번째 시집 『마음 다쳐 상처받은 그대들』

김 송 배
시인. 한국시인협회 심의위원

1. 음우회명陰雨晦冥의 사회적인 갈등

우리들이 보편적인 삶으로 인생행로를 유지한다 해도 다양한 모순과 갈등들이 행로를 방해한다든지 하는 사유로 우리 인간들의 정신적, 물질적인 폐해를 초래하는 경우를 자주 대하게 된다.

여기 백승찬 시인도 이 시집 〈서문〉에서 "이런 세상을 방황하면서 힘든 삶을 사는, 가난하고 지친 삶 속에, 나는 소외되고 차별되어지는 사람들이 눈으로 들어왔다. 그들과 어떻게 하면 마음을 함께할 수 있을까 하여 글을 쓰기 시작하였다."는 의미심장한 언술로 보아서 그가 이 풍진세상을 살아오면서 스스로 겪고 체험한 소중한 현실적인 고뇌가 바로 시를 쓰면서 해소하려는 다소 지적인 정신세계를 엿보게 하고 있다.

이러한 고난을 그는 "인생은 나에게 전투고 전쟁이었다" 라는 한 마디로 당시의 힘든 세상을 정리하면서 이제는 시를 접하면서 사회적인 시사성과 서정성 그리고 가족애 등 많은 현실적인 삶이 바로 인생행로라는 진실을 이해하고 있는 것이다.

저편 산 너머 먹구름에 부지런히 자전거 페달 밟으면
머리 위로 쏟아지는 소나기에
온몸 내던지고 괴성을 지르며 달리니
얼굴이며 팔다리 온몸의 감각들이 되살아난다

살고 싶다
살고 싶다

어느 사이 젊은 날의 내가 달리고 있다
어우러지지 못하는 세상을
퍼붓는 소나기 속을
미친 듯이 달리고 있다.

– 「가을들녘 자전거 타고 소나기 속을」 중에서

여기에서 백승찬 시인이 간구懇求하는 그의 정신세계를 다소나마 이해하게 된다. 그는 가을들녘에 자전거를 타고 가는 정경의 설정은 어쩌면 서정성이 깃든 낭만적인 요소가 있으나 페달을 밟고 가는 머리 위에 쏟아지는 소나기를 맞으면서 "살고 싶다"라고 외치는 절규는 바로 안온한 인간들의 삶에서 무심코 불어닥치는 소나기와의 갈등이 항상 우리들을 위협하고 있기 때문에 그는 마지막 결론처럼 "어우러지지 못하는 세상을/ 퍼붓는 소나기 속을/ 미친 듯이 달리고 있다."는 현실적인 고뇌를 토로하고 있는 것이다.

겨울의 초입
세찬 바람에 이리저리 뒹구는 낙엽

삼수갑산 하늘과 땅이 맞닿은 곳에서
세상이 더러워
세상과 연을 끊고 살았던
백석*이 떠오른다

어지러운 세상
팍팍한 삶의 나날들
세 치 혀에 놀아나는 세상

이솝이 말했지
세상에서 가장 악한 것은
사람의 세 치 혀라고

우리네들은 어디를 향하여 달리고 있을까!

겨울의 초입
세찬 바람에 나의 마음도 산산이 흩어져
낙엽 따라
이리저리 뒹군다.

-「음우회명」 전문

백승찬 시인은 비가 몹시 내려서 캄캄하다는 사자성어四字成語, 음우회명을 제재로 하여 이 세상의 어두운 면을 풍자하고 있는 것이다. 우리 시학에서 시의 사회성 또는 시사성이라고 하여 현실적인 모순이나 부조리, 비리, 갈등 등을 소재로 한 작품들을 말하는데 이는 우리 인간들이 고립된 상태에서 생활할 수 없어서 어떤 형태로든지 서로 교류하고 사회를 형성하는데 시인들은 의식적이든 무의식적이든 복잡화에서 발생하는 불합리에 대하여 자신의 불안감과 위기의식을 탈출하거나 극복하기 위하여 시의 본령인 순수와 서정에서 약간 벗어난 표현으로 주제를 정립하는 경향이 요즘 시대적인 요구와 더불어 많은 호응을 획득하고 있는 것이다.

백승찬 시인도 이러한 조류에 부응하거나 자신의 투철한 의식의 흐름에 따라서 "세상이 더러워"라든지 "어지러운 세상/ 팍팍한 삶의 나날들/ 세 치 혀에 놀아나는 세상" 등의 거침없는 어조로 작품을 전개하고 있는 것이다. 결국 "음우회명 - 우리네들은 어디를 향하여 달리고 있을까!"라는 결론으로 사회를 그의 안목으로 조율하고 있는 것이다.

이러한 시법은 작품 「군산의 아픔은 계속되고」 중에서 "애비가 누군지도 모르는 유곽의 딸/ 군산 중앙시장에서 허리 굽어진 채/ 막걸릿잔 돌리고" 또는 작품 「머나먼 여정」 중에서도 "중국 공안에 쫓기는/ 수만 리 돌고 도는 머나먼 여정/ 라오스 베트남 넘어 자유와 평화 찾아/ 얼어붙은 두만강 오늘도 건넌다."는 등의 갈등요소들이 그의 심중에 가득 넘치고 있는 것이다.

2. 돈독한 가족애의 정한과 효심

백승찬 시인은 지금까지 사회적인 모순과 불합리한 행태들을 신랄하게 비평하거나 순수한 인간의 심성으로 개선해야 한다는 강한 톤으로 절규해왔으나 지금은 가정으로 돌아오고 있는 것이다.

일찍이 괴테는 임금이든 백성이든 자기 가정에서 평화를 찾는 자가 가장 행복한 인간이다는 말로 가정과 가족에 대한 돈독한 사랑을 전해주고 있는데 이는 우리들이 평화로운 가정에서 가족들과 오순도순 영위하는 삶이 어쩌면 우리 인간의 도리이며 근본이 되는 것이다.

백승찬 시인도 가정과 가족 구성원 아버지를 비롯하여 어머니, 형제, 아내, 자식들에서 일일이 애정을 표명하여 그의 시법을 정리하고 있는데 이는 그가 사랑하는 가족과의 정한情恨이 그의 내면에서 실타래처럼 술술 풀려나오고 있는 것이다. 이러한 사안들을 모아보면 다음과 같이 현현되고 있는 것이다.

[아버지] 말씀과 행동이 느려져 어린아이처럼 됐지만/ 아버지의 자애는/ 내가 삶을 살아가는 원동력이 됐다.(「아버지 나의 아버지」 중에서)

[어머니] 어느 날 어머니가 미국에 있는 작은 아들네 가서/ 성당을 몇 번 가시더니 천주교 신자가 되어 돌아왔다/ 집안에는 조상들 묘지 이장 문제로 시끄러웠는데…/ 어머니가 자신이 죽으면 성북동에 있는 천주교 공원묘지에 혼자 안장을 해 달라 하신다.(「목적지가 달라요」 중에서)

[형제] 나는 신문 200부/ 동생은 100부/ 날마다 세 시간씩 아파트 계단을 오르락내리락/ 허벅지가 터지도록 뛴다.(「신문배달 소년」 중에서)

[아내] 며칠 후면 아내는 암 센터에서 수술을 받는다/ 아내의 배속에는 주먹만 한 커다란 혹이 자라고 있다// 식탁엔 무거운 침묵이 흐른다/ 아들과 딸의 눈에는 눈물이 고인다/ 다시 또 네 식구가 함께할 수 있을까?(「도마 소리」 중에서)

[자식] 오늘 나도/ 내 자식들에게/ "오늘 하루만/ 오늘 하루만 버티면/ 더 나은 세상이 올 거야"라는 말이/ 한없이 무거운 가슴으로/ 내 입가에서 맴돈다.(「좌판」 중에서)

[딸] 사랑스러운 막내딸이 다음에 에버랜드를 올 때는/ 멋지고 다정한 남자 친구와 오기를 기대해본다.(「늦둥이 막내딸과 에버랜드를」 중에서)

[막내와 제수씨] 개띠 동생이 결혼을 하였다/ 제수씨는 꽃 돼지띠/ 백씨 집안에 복 돼지가 들어왔다.(「개발에 땀나듯이」 중에서)

이러한 다복한 가정에서도 애환은 줄줄이 나타나고 있는데 가령 예를 들면 "아버지와 설악산에 있는 온천을 왔다/ 양말을 벗는데도 한참을 기다렸다/ 아버지의 수척한 등을 닦아 드리면서 눈시울이 붉어졌다/ 참 말썽도 많이 부렸던 기억들이 떠오른다"라거나 "우리 가족은 개신교, 불교, 천주교, 신자가 다 있다/ 평생을 살아오면서 종교 문제로 갈등을 일으킨 적은 없는데/ 우리 가족은 죽으면 이산가족이 될 것 같다"는 등의 어조로 가족 간의 정한은 이루어 형언할 수 없을 것이다.

특히 그는 사랑하는 아내를 그리는 눈물겨운 사연도 "이십여 년의 결혼생활/ 두 자식을 위한 기도를 하였건만/ 아내를 위한 기도는 없었다// 탁, 탁, 탁, 탁~/ 아침을 깨우는 아내의 정겨운 도마소리를 다시금 들을 수 있으면…" 하고 아쉬움이 그의 뇌리에 가득 넘치고 있는 것이다.

3. 성찰하는 인생론과 기원의 의식

백승찬 시인은 산전수전 모두 겪은 후에 삶이 무엇이며 인생이란 무엇인가에 대한 자성自性의 인생론을 추구하게 된다. 그는 막노동과 신문 배달을 통해서 "나에게 전투"라는 비장한 각오로 고난과 허망을 지독한 인내로 극복한 체험이 그에게서는 새로운 글쓰기의 세계에 동참하여 "세상 사람들에게 아름답고 향기로운 언어로써 모든 이에게 다가가 마음을 나누어야 한다는 것을" 인식하면서 그의 인생관과 가치관도 완전한 전환을 하게 되는 것이다.

> 내 나이 육십
> 어린아이처럼 살고 싶다
>
> 드넓은 대지 위에 뿌리를 내리고
> 하늘을 향해 이상을
> 싹 틔우는 나무와 같이
>
> 어린아이처럼 울고 싶을 때 울고
> 개울에서 물장구쳐보고 싶을 때
> 물장구치는
>
> 내 마음의 천국 속에서
> 어린아이처럼 살고 싶다
>
> -「어린아이처럼 살고 싶다」 중에서

그의 진정한 기원은 순수한 인간애의 행로를 여망하고 있는 것이다. 그는 나이 육십인데도 동심으로 돌아가서 "어린아이처럼 살고 싶다"는 순진무구純眞無垢한 순정미를 창출하고 있어서 그의 인생관은 이제 철학적인 경지로 전환하고 있는 것이다.

그는 작품 「짐승 1」 전문에서 "사람이라고 다 사람이 아니다/ 세상에는 짐승도 있다/ 사람과 짐승을 구별하여 사귀지 않으면/ 영원한 고통이 따른다."는 어조와 같이 인간과 짐승의 차이와 구분을 잘 이해하면서 "드넓은 대지 위에 뿌리를 내리고/ 하늘을 향해 이상을/ 싹 틔우는 나무와 같이" 진실한 삶 곧 인생을 영위하려는 그의 순수한 철학은 공감의 영역을 확대하고 있는 것이다.

부모와 처자식을 버려야 했던
세속의 고통
집착, 욕망, 번뇌, 근심
홀로 떠났던 오랜 여정을 끝마치러
가파른 길 쉬었다 멈추었다
거친 숨 몰아쉬며 올라간다

영겁의 윤회 속에 가는 길
슬픔 없이 기쁨 없이 가는 길

덧없는 삶을 받지 않는
길을 가고 있다.

—「슬픔 없이 기쁨 없이 가는 길」 중에서

백승찬 시인은 "영겁의 윤회 속에 가는 길/ 슬픔 없이 기쁨 없이 가는 길// 덧없는 삶을 받지 않는/ 길을 가고 있다."는 어조로 자신이 진지한 인생론을 정리하고 있는 것이다. 그는 어느 노승老僧이 가야산 해인사 허리 구부린 채 세상 뜨기 전에 스승에게 드리는 마지막 인사에서 생사의 이미지를 창출하고 있는 것이다.

이러한 영감靈感은 "부모와 처자식을 버려야 했던/ 세속의 고통/ 집착, 욕망, 번뇌, 근심/ 홀로 떠났던 오랜 여정을 끝마치러/ 가파른 길 쉬었다 멈추었다/ 거친 숨 몰아쉬며 올라간다"는 정황에서 그는 영겁 윤회와 생사의 인생 고뇌를 심도 있게 숙고熟考하는 그의 정신 세계를 이해하게 되는 것이다.

그의 인생관이 전환하는 성찰의 계기는 그가 서문에서 말했듯이 "어둠 속에서 정신적으로 방황하던 나의 인생길에서 저로 인해서 많은 눈물을 흘려야 했던 아버지 어머니 그리고 가족들, 나의 곁에서 공허한 가슴을 채워주는 사랑스런 아내, 또한 인생길에서 울고 웃으며 함께했던 친구, 선후배 그리고 지인들께 감사한 마음과 동행의 기쁨을 드린다."는 어조로 주변의 모든 사람들과 환경의 묵시默示들이 그의 가치관을 정감적으로 전환하고 있는 것이다.

그는 작품 「신 앞에 홀로 선 나」 전문에서도 "우리는 결코 틀리지 않을 거야/ 다 함께 길을 가고 있으니// 삶의 끝에서// 신이 나에게/ 잘 살았냐 물으면…/ 참되게 살았냐 물으면…//아~/ 오늘 밤도 신神의 음성音聲이…"라는 자성의 어조로 자아自我를 인식하고 있는 것이다.

4. 서정적인 시법과 불심의 동행

백승찬 시인은 본래 시인들의 특징인 서정성을 배제할 수 없는 서정시인이다. 그의 잔잔한 심성은 현실과의 괴리乖離에서 파생한 심리적인 변환으로 사회적인 불합리성에 대한 반론적인 비평이 그의 내면에서 발현되다가 언제부터인가 가정과 가족의 애정이 절실한 순정적인 삶의 패턴으로 전환하게 되었다.

일찍이 철학자 하이데거는 "본시 있던 나에게로 돌아간다"는 실존철학의 선구자로서 존재의 의미를 밝히는데 힘을 쏟았다. 존재는 무無의 심연深淵에서 인간의 종말이라는 대명제를 위하여 한생을 살아가는 것이다.

백승찬 시인도 지금까지의 이상론에서 탈피하고 "흰 구름 휘어 감는 운길산 오르니/ 수종사 불이문 정겹게 맞아주네// 부처 여래 삼배하고 산신각 돌계단에 생각 놓고 앉으니/ 두물머리 넘어 희뿌연 구름/ 유월 녹음 산등성이 휘어 감는데/ 까마귀 떼 울어대니 세상이 시끄럽네(「남한강이 북한강을 맞이하네」 중에서)"라는 안온한 어조로 유유자적悠悠自適하는 심신을 추스르고 있는 것이다.

그는 이러한 서정성을 불심佛心과 연계連繫하여 수종사의 다실에서 수행스님의 맑은 견성(見性 : 자기 본래의 성품인 자성을 깨달아 부처가 됨)을 담론으로 정신세계를 완전 서정으로 전환하고 있는 것이다.

피아노 연주곡이
빗방울을 타고 흐른다

유리창 밖은
여전히 찬 겨울

카페는
성미 급한 녀석들부터
봄의 꽃망울들을 터트리기 시작한다

조용한 카페
꽃과 나의 침묵이 흐르고

그녀와 나의
사랑의 추억도 흐른다

풍경소리
댕그랑, 댕그랑
울리며

살포시 들어 올
나의 사랑이여~.

-「음악과 꽃과 나의 사랑」 전문

일찍이 영국의 시인 쉘리는 시는 최상의 마음의 가장 훌륭하고 행복한 순간의 기록이라고 했다. 그리고 시란 그것이 영원한 진리로 표현된 인생의 의미라고 했다. 그렇다. 백승찬 시인도 음악과 꽃과도 교감할 수 있는 친자연적인 서정성을 소유한 시인으로서 이를 통한 인생의 의미를 탐색하고 있는 것이다.

그는 조용한 카페에서 피아노 연주곡을 들으며 "봄의 꽃망울들을 터트리기 시작"하는 계절의 향훈과 교감하면서 "꽃과 나의 침묵"에 젖어 있어서 그 침묵속에는 "풍경소리/ 댕그랑, 댕그랑/ 울리며" 사랑의 추억이 흐르고 있는 것이다.

낙화암에 몸을 던진 삼천 궁녀의 눈물은
백마강 변에 백일홍으로 피어나

당나라 말발굽에 밟혀 흙 속에 묻히었던
백제금동대향로*의 오악사五樂士는
온 세상에 환희의 기쁨을 가져온다

웃음을 잊어버린 백제인의 후예는
백제의 미소
서산 마애 삼존불에
두 손 모아 합장한다

또다시 망국을 맞이할 수 없다고…
찬란한 예술혼은 멈출 수 없다고…

–「백마강은 흐른다」 전문

그렇다. 백승찬 시인은 비운의 역사 현장 백마강에서 역사성 짙은 비극의 상황을 시사적인 시법으로 도입하다가 백제인들의 후예는 “백제의 미소”로 서산 삼존불에게 합장하는 시법의 전개는 인본주의humanism의 실현을 위한 서정적 자아가 그의 시의 위의威儀나 본령本領에의 접근을 탐색하고 있는 것이다.

시는 본질적으로 인생의 비평(또는 사회적인 비평)이라고 말한 영국의 M. 아놀드나 시는 영혼의 음악이라고 한 불란서의 볼테르와 같이 타고난 시인들의 비평적인 사유나 고상한 형이상적形而上的인 논리와는 백승찬 시인이 스스로 성철해가는 인생행로의 과정이라고 생각된다.

이처럼 우리의 서정시에는 만유萬有의 자연 서정에서부터 오로지 인간 본연의 순정적인 미감美感을 추구하는 부류의 두 가지 측면에서 읽을 필요가 있는데 “산천 산하 얼어붙은 대지에 봄이 오면/ 민중의 가슴에 따뜻한 봄이 오면/ 우리 집 강아지 몽실이 손잡고 춤을 추면/ 윗동네 김 선생 손 잡고 더덩실 춤을 추면/ 아랫동네 이 선생 얼싸안고 지화자 춤을 추면/ 벙어리 냉가슴 나에게도/ 따뜻한 봄이 오리.(「입춘」 전문)”

와 같이 자연과 시간성이 융합하는 서정시의 표본이라고 할 수 있는 친자연적 이미지는 바로 우리 일상 생활과도 밀접한 연관을 갖게 되는 것이다.

백승찬 시인은 이 시집 『마음 다쳐 상처받은 그대들』을 통해서 그가 체득體得한 애환들이 그의 이성을 가미한 음우회명의 난삽難澁한 세상과의 화해를 모색하면서 자성의 인생행로의 개척으로 가정과 가족애를 통한 새로운 삶의 지혜를 발견하고 그를 인생의 지표로 설정하는 일종의 자서전 같은 메시지를 읽을 수 있었다.

그러나 그의 서정적인 기질은 세상물정과 화해하는 해법을 그는 충분하게 인지하고 있어서 앞으로 더욱 작품들이 창작될 것으로 기대한다.

백승찬 첫 시집
마음 다쳐 상처받은 그대들

초판 인쇄 | 2024년 11월 8일
초판 발행 | 2024년 11월 15일

지은이 | 백승찬
펴낸이 | 서영애
펴낸곳 | 대양미디어

04559 서울시 중구 퇴계로45길 22-6(일호빌딩) 602호
전화 | (02)2276-0078
팩스 | (02)2267-7888

ISBN 979-11-6072-137-9 03810
값 13,000원